歌集

鉄の蜜蜂

岡井隆

角川書店

鉄の蜜蜂　目次

I

II

装幀　水戸部 功

歌集
鉄の蜜蜂

岡井　隆

I

ザ・タリス・スコラーズの声の中で

難解な詩集のなかへ突つ込んだ右腕が冷えてゆくのがわかる

小説もすこし読んだがやはり詩がいい言の葉も枝ぶりもいい

君の言葉に薙ぎ倒されたその後《あと》で聴いたのだつたあの「ミゼレーレ」

「妻は　はつとして　ふりか」（葉子）なんて暗がりで刻うつ時計みたいだ

その言葉がぼくの脾腹を蹴るあひだ遠い舞台でうたふ十人

覚悟はついてゐるつもりだが覚悟にも何段階かあつて、昇れよ

アガパンサス今年の花はたくましい折られまいと蔭で咲く奴もゐる

詩みたいなもの

十薬の鮮明な苞を引き寄せてまた遠ざけて耐へてゐるのだ

二つ在る不安のうちのふふふふふ一つは西門を出でて行きやれ

ぼんやりと列柱を撫でてゐるうちに詩みたいなものが立つて来たんだ

理由はまあ違ふだらうが満面の笑みを浮かべて破り棄ててた

勧《すす》めたく思つたが少し考へて止めた猫族は軍に向かない

かぎりなくひろがつてゐるわたしです運命よ善《よ》しとささやいて呉れ

夜はこの草地で独り揺れながら角《つの》のはゆるを待つてゐるのさ

雲雀に問ひて

満月が来てるといふが見に行かず別便で着くマンゴを待つてる

数千年の時を伝つて来るものをヘンだと思はない方が変

何の罪ありてか歌を競ふべき、雲雀に問ひて草がくれゆく

色はまだ定かならねどざわめいて空を覆へる点《ポアン》ありたる

感情の最後の小屋が燃えてるつて（大きな声で言つたか　君は）

傾いていくつてとてもいいことだ小川もやがて緋の激流へ

眼前に肌くらみゆく銀杏居て（可笑しいよなあ）吾《あ》も暗みゆく

アトピイ性鼻炎の中で

若者が入りたがらぬのも尤《もつと》もだ此処《ここ》荒野《あらの》それに雨も降つてる
いやあ彼らの立つてゐるあの場所こそが荒野なんだと知らないのかい

やうやくにその空しさの越水のこころの畑を浸しはじめぬ

粗《あら》い息《いき》つきながら聴く鷗外の、そしてデエメルのふかい吐息《といき》を

おびただしく朱線引かれしその頁《ページ》をよろこびながら夕暮は来《き》ぬ

丸い犬が四角い猫とたはむれてる明日《あした》のやうな静けさの中で
雁《かりがね》やおまへらの眼にまつすぐに見下ろされてた日もあつたのだ

ぼくの心の池

ぼくの心と同じ水位の池ありて睡蓮の花が咲いたみたいだ

退会を言ひたまひたる心根《こころね》のふかきを思へば秋天に泣かゆ

花びらはひらかれてゐて白いけどぼくの心はすこしくゆがむ

いきさつを詳しく語る文《ふみ》の来ていきさつといふはつひに寂しも

わが歌にコラボせし若き歌よめば涙のいづるまでに蒼しも

阿蘭陀《オランダ》ゆとどく電話の声の中にわが午後を解く鍵あるらしも

ぼくの心の池に咲きたる白花《しろはな》の夕かげるまで待たなしづけく

旧友の訃に

雨脚といふ足長くなりしころ旧友O《オー》の訃報を読んだ

旧制中学。不思議な森だ。工場《こうじやう》動員いよよ不可思議。土の上で幾何演習をしてた君とは

遠い蒼さだ今は知らない他者として逝つたに違ひあるまい君だ

予《あらかじ》め明日《あした》の雨に濡れてゆく髪があるなら雨も気楽さ

ペットボトルの水の淡さに托したる願ひはあれは何だつたつけ

どうだらうなその反論はと言ひながら生卵割る納豆の上に

〈憂《う》や辛《つら》やなう〉とは好きな合言葉吾妻《あづま》の声のやうな雨降る

東桜歌会二百回を祝ひて

死んだ人ばかり出て来て散歩する午後の遊歩路日は遅々として

祝辞とは散り止まぬ銀杏の黄に似てる己れを照らし他人《ひと》を刺す葉だ

ばらばらつと降るやうな日を怖れたりして帝制の背に伏してゐる

目ざめたら小さな蜜柑が掌の中にわたしは庭の王だつたのだ

どこからか伝はつて来て過ぎてゆく噂のやうないやな微風だ

帝制とは入日に赤く煮られたる青魚のやうな富士に似てゐる

東桜《ひがしさくら》に昔はあつた囁きのみだらさがきこえるやうな朝《あした》だ

亡友の記憶に寄せて

樹は風の強い日に切れつていふぢやない　旧友長谷川を見捨てたあの日

「俺だつて苦しかつた」の言訳は切られた樹には通じはしまい

学閥といふのか棘《とげ》は青く鋭《と》く職奪ひ合ふなかに君、ぼく

ぼくの最初の職場を決めたのは君だ小《ち》さき森しかしいい樹々だつたよ

君は早く逝つたが生き延びたる吾は武器贈り合ふ世にも慣れたり

晴れやかに否言《ノオ》ひたくば大いなる水甕《みづがめ》の割れる日をし待つべく

文語訳聖書を読みて寝ねむとす大河のそばつて早く経《た》つんだ

大阪大学ワークショップ即事他

寒の雨ばしやばしや降る日遠く来て学生《がくしやう》たちゆ花を貰つた

黄の薔薇を呉れて大声に己れをば説く大男君は誰だい

必ずしも奇遇ではなくセーラー服の歌人もそこにまじりて坐る

准教授松行《まつゆき》ゼミは如何ならむ空想しつつ同車してゐた

朝髪のかすか乱れて夕髪のややに湿れるわれのこころは

紐の題詠（新首都の会へ）

紐帯を確かめ合つて来たのだがぼくの方から切つたつて言ふの？

白梅の散るころ

ステーション・ギャラリイなので赤煉瓦たちの中なるモランディー嗚呼

三階ゆ二階へ観《み》つつ移るとき卵が割れる音がまたする

むしろわたしは賛成なのだ木の股に触れては逃ぐる花びら君に

レヴィ・ストロースか失恋詩集か公園の梅の巨木の下で読むなら

白梅《しらうめ》を背中で感じながら読むおどけては読む愛恋詩集

両脇に眼を従へて鼻柱すつきりと立つ季節になつた

その日よりもあくる日の朝が蘞《ゑぐ》いんだ、さう思ふ夕の眼を洗ひをり

痛みと鳥と

胸壁のヘルペス痛に耐へながら仰ぐさくらは蒼ざめて見ゆ

じわりじじ右胸壁の燃ゆるとき納豆よ効けナルシストのため

鷗外は鷗《かまめ》の外に棲みしとぞ旧き咄《はなし》が好きだつたころ

美しいとほめて置かうかベランダに降りたつた君の細いくちばし

池のない公園に鴨が来た噂ぼくの痛みを鎮めむと来《こ》し？

忘れたいからこそ写生《スケッチ》してるんだ花水木の蕊と暗いその樹皮

ポストまで歩数を声にとなへつつさくらも終る痛みも終れ

夢の岸べに

探《たん》の字をルーペに探す時しもあれ暮春のかげに夏が見えくる

自分から「居《ゐ》ない」と言へよしからずば数《かず》に入れられちまふ　晩春だ

時々は目を閉ぢてみる。価値のあるものだけ見たいさもしさに居て

言葉また嵐と氷そして血は力あはせて霜を作らむ

真昼から正午を救ひ出しなさい。真夜中を昨夜《よべ》切りはなしたやうに

いつか来た道だとしても俺はいい花びらを踏み光を踏んで

男性合唱イアピースより流るるを夢の岸べに舟近づきぬ

旧友Kの死の前後に

眉《まよ》たちが顔から逃げてゆく朝のとても明るい世界、が好きだ

詩を抱いてゐた年齢のぼくが居た。（たしか急流の中洲、であつた）

くれなゐの果実は盲《めしひ》　あたたかくあまねくぞ樹《き》に守られながら
熟《う》れ初むる実《み》の中心の仁《じん》を割りながら時間はまつすぐ過ぎた
宴《うたげ》には加はるがいいしかしその結末からは遠退《とほの》いてゐよ

いつのまにか大地へ入《はひ》り込む空《そら》のくれなゐの傷すべてかなしき

雲あつく眉のあひだに垂るるとき旧友の死にしばし黙禱

詩はつねに

雨衣《あめごろも》着て汝《な》が庭の中央に立つことあらむ竪琴《リラ》かなでつつ

詩はつねに誰かと婚《まぐは》ひながら成る、誰つて、そりやああなたぢやないが。

憂鬱の庭に臨める木々のなか雲低ければ夏つばき立つ

垂直に脚が地を刺す椅子の上にしばらくは書け杢太郎論

鷗外はなぜあの年に『沙羅の木』をまとめあげしか微笑《ほほゑ》みながら

土俵上の勝負見ながら見て看ざり、暗き潮《うしほ》のなかなるわれは

鳥獣戯画の扇子を右の手に持ちて左手で指すふかき空虚を

天の鳥船

些細なることが勢ひづいてゐる夏ってさういふ広場なんだよ

おづおづと近づく君よ、知つてるが見てゐるだけだ頬杖ついて

一冊を成したる後の虚しさは立ち去つてゆく君のむなしさ

噂だけで君の存在をうたがつてゐたが法師蟬啼きはじめたり

鷗外は去らうとしてる花もちで太田正雄が近づく闇を

誰か来て乗ってみないかあの椅子の四本の脚を悦《よろこ》ばすために

血糖値下ぐる薬草を載《の》せながら天《あめ》の鳥船《とりふね》が降《お》りてくる朝だ

啼いてる声

折角の好意の声に似てゐたが啼きやんでこそあはれ　蜩《ひぐらし》

「三冊の詩集」（書評）の一冊は歌集ぢやないか　歌は涼しい

〈正しい！〉と鹿の啼きあふ苑だから挨拶は　きみ　あへて短く

あかき花抱くといへども今日一日《ひとひ》いかなる使者も来ないでほしい

パウロ書簡よみて寝むとすマケドニアの同志のために泣いてゐる彼《かれ》

道の奥の石刀柏《あすぱらがす》の畠には日のさすころだ　誰も来るなよ

石刀柏の訳語つくりし上田敏《うへだびん》。わが咽喉を刺すグリーンアスパラ

肩について

両肩にリンゴを一つづつ容《い》れて立つ青年に明日《あした》を訊《き》いた

あをぞらと蒼穹の差を言ひながらむしりつつ食《は》む銀魚のはらわた

桑の葉の粉《こな》を朝《あした》の海苔《のり》として昨日と違ふ今日を願はな

苦しみの中へ遁げるな幼虫は葉を食ひ尽したりと聞きたり

あなた、わたしの此の寂しさを知らないと言ふ双眸《さうぼう》は濡れつつ其処《そこ》に

病める者せめてやすらげ金銀の木犀匂ふ秋に逢ひ得つ

左肩出して打たれし薬液がひよつとして明日を決めるかも知れぬ

授賞式以後の私

美敏《びびん》村から帰つて来た二人ですこがらしの中で微笑んでます

愛澤《あいさは》と諸背《もろせ》が大地に突つ立つて足の力を抜き合ふところ

をかしかつたなあと可笑《をか》しが手を組んで冬の一日《ひとひ》を祝福したり

家中にいただきし花が咲きつづくわたしの過去が咲いてゐるんだ

過去と共に明日《あした》が一つづつ咲いて家内《いへぬち》を明るく照らして下さい

鷗外を真似れば日本は「普請中《ふしん》」槌音《つちおと》や花水木の実のふるふほどに

口語歌のふえし由来を申し上ぐ　両陛下ほのかに微笑みたまふ

七十五年後の現実

梨が出て宴尽《うたげ》きむとするころに友らとかはす淡き微笑《ほほゑ》み

いふべきことあまたあれども言はざらむ悲しむとなく寂しむとなく

重い蒲団《ふとん》をやうやく出して着る夜は画数多き漢字になやむ

「十二月八日」とふ日にかすかなる反応をする世代ぞわれは

ペリカンのペンがお祝ひにやつて来たブルーブラックなつかしき色

暁闇の明くる頃ほひチェロソナタ三番を聴く〈生きよ〉つて声だ

南スーダンへ緑の兵がゆく七十五年後の現実あはれ

北川透現代詩論集成2を祝ふ

きみが住む海峡のそらは蒼からう「戦後詩」つて鰤《ぶり》をきらりと打つて

たしかわが自転車よろけつつ去るを北川夫妻手と眼で送りぬ

かなりふかい傷だつたのに此の人の庭のよもぎを嚙んでるうちに

はな咲けば梅を娶《めと》るとむく鳥は詩のはやさもてむらがりきたる

とき折は谷川雁《がん》も渡るべき月夜となりてわれら別れつ

茫茫と薬餌に浸る夜半ながらジャック・デリダが伝《でん》のゆく先

るいるいと積まれし苺かたはらにそれより高ききみが新著の

回想の中の人

太平洋戦争的に晴れてゐる　きみの嘘つきに気付いた朝は

大東亜戦争風に曇つてる朝ではあるが白梅咲《ひら》く

またマスク二つ重ねてつけてると蒼空が嗤《わら》ふ　でもいいんだよ

死ぬ前にお別れを言ひに来た人と六甲颪の中で話した
（詩人多田智満子）

訂正をかさねたる故《ゆゑ》喉咽に置く飴みたいだと評せざらめや

あたためし便座の上に尻を置く天使の鳴らす喇叭《ラッパ》ききつつ

文末に元結《もとゆい》核医われを置き回想を閉づ短かけれども

村上春樹の新刊を読みつつ

おどろきの深さに淀の白梅の咲きはじめたる道をいそぎぬ

豊かすぎる食品棚に挟まれて卯月の飢餓《うゑ》をしばし偲びつ

超音波機《エコオ》がべたべたのなかを動くときわが内臓は答へて居りぬ

La Victoire de Samothrace《サモトラケのニケ》を呼ばはるわが妻の声澄むときに春来たりぬる

うつつにも夢《いめ》にもあはれ健やかな空腹感をよろこびとする

ユビュ王が皇室の窓を明けてゐる咲き初《そ》めた木瓜《ぼけ》を（食べたいらしい⁉）

倦《う》みながら目が追ふ活字「騎士団長」イデアとなりてあらはるる頃

大岡信さんを悼む

ひとりひとりに声かけて連詩の場を創る微笑《ほほゑみ》の底に批評があつた

四月五日はわれの受診日だつたのだ大いなる岡に日の沈むころ

大岡信《まこと》詩集大小三冊のむつみ合ふ汀、わが枕辺は

君の解説よみつつひらくクレー画集怪魚を刺して騎士立てりける

血圧は腕を締《し》められて測るものわたしには明日といふ日まだある

君の詩は実に明敏、今日のわが小路みちびくランプとなれよ
行きたくない。だが、ねばならぬ会合に大岡詩集読みながら行く

音楽夜話（五月九日）の前後

〈うえーべるん〉と連呼する詩*を・昨日《きぞ》聴きし楽《がく》と結びて、もとな語らむ

*谷川俊太郎の詩

鈴蘭の枯れそむるころ遠くから来る者がある　人ではないが

マーラーの妻の才気は度を超えてゐたと言ひつつしばし黙秘す

あを紫蘇《じそ》を入れたスムージイ「昨日からさうよ」ときけば午後が明るい

「冬の旅《ヴィンター・ライゼ》」聴きつつ遠い対象が霧ながら去る（怖れは去らぬ）

二つほど訊きたいことが、でも騒《さわ》ぐ鴉が去ったあとからがいい

女性だから、ゆっくりと羽ばたいて去る。ぼくを漆黒の視野に収めて

稿遅々として

歯を洗ひ入歯を嵌めて眼を濯《すす》ぎたるのちに来る　ぼくにも朝が

日に一度朝があるつていふ嘘をたのしみながら花に挨拶

SWANYのキャリィ・バッグを曳きながら咲き初めし花に声を掛けたり

背面と正面の差異バスを待つ人を照らせる薄暑のひかり

むらさきのアガパンサスは咲きそめぬ折られむがための生もあるんだ

すべて白ならば白《しら》むほかありはせぬ。わたしの朝も貴方の朝も

太宰忌や蚕豆の皮むきながら進まぬ稿も梅雨冷えに入る

蜜蜂

水無月の終りが近い　幸福の地方からときに蜜蜂が来る

夕空のそれも北空が啓示的、なのだと知りぬバルコニーの椅子に

妻にさそはれルーフ・バルコンに出でてゆく、暗い宿題は部屋に置き捨てて

あの馬はもう立ち上がらないだらう／薄くらがりでは桃が剝かれて

いや、むろんもがき苦しむ馬なのだ　李太郎大人《うし》も今のわたしも

メディアの人の髪を見ながら眞子さまの作歌について明かす夕ぐれ

今日もまたぱらぱらつと終局は来む鉄の蜜蜂にとり囲まれて

語らひ

夕空を啼きつつ過ぐる椋鳥は帰るべき樹を持てるむらがり

この樹から好きな言葉は拾へないのに〈沛然〉つて漢語呼ぶ雨

きり雨にくろずんでいく平面に対義語《アントニム》生《あ》れやまず　苦しゐ

口ごもつてばかりゐた今日だつたバルコンに降る同義語《シノニム》の雨

御所のポプラを指して陛下語りたまふ

あの樹皮の下にひろがるもう一つの思想をおもふ　おそばに立ちて

互みなるこころの雪に触れながら語り合ふ声のあはれ華やぐ

Ⅱ

皇后ご誕辰を祝ふ夕べの集ひにて

傘寿すぎて弾きたまふピアノを聴かむとす皇后の衣《きぬ》月の淡さに

戦ひに敗れし国を「悲《かな》しみの国」と呼びたる詩句*ぞ身に沁む

*永瀬清子の「降りつむ」

しづかなる声こそ力　読みたまふ詩にピアニスト*のピアノが添へば

*O氏

われはなほ熱のこる風邪におびえつつかかる集《つど》ひに逢ひえたりけり

メゾソプラノうたふ*ブラームスの子守唄皇后のピアノ、あはきくれなゐ

*O氏夫人

蓮池を夕べに発《た》ちていくたりか知人《しりびと》とかはすあはき挨拶

曽野綾子夫妻と共に乾盃の、われはジュースを天へかかげぬ

ここ数日《すじつ》石原吉郎にこだはりて書きたればそれも此の岸に寄る

ラーゲリが戦後でありし吉郎に「降りつむ」雪を思はざらめや

戦ひの後七十年皇后はかかる集ひにsymbolization《シンボライゼーション》!

蓮池をいでし車が照らしゆくよろこびの底のかなしみの枝

また道はふかく折れたり万葉の歌人たちもかく事《つか》へけむ

微笑する天使いくたりに見守られて奏でられたりすべての楽《がく》は

戦後七十年の秋に思ふ

戦ひはわが日常と思へども見えぬ己《おの》れに向かふ苦しさ

後ろから近づく者の足音が迫れるごとく思《も》ひて目覚めぬ

七十を過ぎたるころの、色彩でいへば銀《しろがね》と今なら言へる

十数人若人（女また男）われを囲みてありし午後《ひるすぎ》

年齢の上では父母《ふも》を越えたれど彼岸花咲く原に立たずも

のろういるす《ノロウイルス》流行すると伝へたる女の顔のうつくしき虹

秋草の露をふくみてわが内にしげれるらしき気配が怖い

にんまり、か、につこりかあの笑顔からまこと七十年はへだてつ

思はざる遠さで君らはゐるやうだ　死者なればこそ不思議はないが

ふるさとの名古屋にありて城燃ゆる夜に居りしは、ぼくだつたつけ

両陛下へのご進講即事

東京駅丸の内口に待ちゐたる青年無口にて皇居を目ざす

ドライバーの青年もまたちよつと頷くのみにて坂下門を目ざしぬ

内濠はいつものやうに白鳥の游ぶを見つつこころとのふ

坂下門警《いまし》めてゐる四五人に頭《づ》を下げて過ぐ昼明かければ

御所《ごしよ》ふかく折れ曲りつつまた直《なほ》く紅葉の中へ入りゆく車

昼餐を共にいただくと言はれ来つからだのみならずこころも騒ぐ

両陛下次々と出でまし給ひ戦後七十年のご公務の歌を

電子辞書三色のペン用意して先づは陛下のお言葉を待つ

食事中遊戯《いうげ》したまふ皇后と陛下を見つつ微笑《ほほゑ》まむとす

七年を経つつぞかかる饗応の場に会ひえたるふかきよろこび

初笑ひ

「初笑深く蔵してほのかなる　高浜虚子」といふ句は、たしか戦時下の、それも我が方の敗色濃くなつてからの作品だと思ひ込んでゐるので、どうしてもこの「深く蔵して」がどのやうにもうけとれるところがまことによろしく、怖さもきびしさも、内臓器のやうに身体の中のふかいところにしまひこんであるわけだから「ほのかなる」感じでしかうけとられてゐないところが味噌なのであらうし「老の頬にしづかにたたへ初笑　富安風生」のおもしろさをはるかにしのいでゐて、虚子のたぬきぶりをよく見せてゐるともいへるのではないかと、わたし自身、さうたやすく初笑ひの頬を人にみせるつもりはないのであつて、かといつて愉しいときに笑つてはいけないわけもないわけだから両陛下にご進講の折に昼餐をいただいたことを微笑みつつ報告した。

時代のどまん中で

君が死んだあの頃にはどこにも無かつたね在りながら見えぬ深い淵など

光射す草の向かうにもう一つの草原があり君が寝てゐた

えつ寝てたつて？君は香りにむせながらしかも時代の中で死んでた

さう深い淵などなくつてかまはない時代のどまん中で死ねれば

白樺の肌に手を当て音を聴く　時代と一しよならば聴こえる

宗教者に向かつて富士山歌話をした

空をとぶ三鷹をいでて大いなる月出づる駅にさしかかりたる

夫婦《めをと》にて弁当食ふはわれらのみなぜかしびるるごとく愉しき

富士吉田駅こともなく富士山と名のれるみれば吉田はどこだ

旧友の吉田はむかし農村の工作隊へ行つたときいた（何を今さら）

前方に小さく富士見ゆ北斎の描きし大波《おほなみ》のあひだみたいに

紅葉しはじめた甲斐の山々に年がひもなく立てり富士様《さん》

ジャーナリスト入江にちかき森かげにみちびき給へ心細ければ

河口の湖《うみ》ちかけれど獣《しし》または父《しし》のやうなる人に待たれつ

思はざりし場面いくつかありしかどさういふものだ初対面とは

住職はその正装の重ければど金色《こんじき》の袈裟《けさ》今朝映ゆるかな

三百の神主住職たちの前ハンカチにてくしやみこらふるわれは

萬葉集第一課より説きながらなほ白墨をもてあそびたり

えいこんな筈ぢやなかつた頼山陽の戯唄《ざれうた》をもて漢詩《からうた》説けど

また向かうにはにこやかに富士といふ名をもつ女性の山がそびゆる

壇上と壇の下には中段あり支へられつつ下りる可笑《をか》しさ

東京駅ホテルに泊り皇居の年賀の儀に列するまで、即事

レンガの紅の目立つ駅舎。

「新しい、しかし…」と立ちぬ嘗て旧き駅舎をスケッチしてゐた妻と

百年前ジョサイア・コンドルと辰野金吾これを作つた。

辰野金吾は隆《ゆたか》の父で隆、小林秀雄と続く、ずばり西欧

森鷗外『沙羅の木』が出たのも百年前。

『沙羅の木』をほぼ注解し終りたるわれ来て祝ふ駅百年を

ひむかし《東》の京《みやこ》の駅馬《うまや》居らず泊るわれらこそ馬の爪

ライトアップされてカメラの前に立つ君の裾《すそ》あげて入《はひ》らせてもらふ

明朝は皇居にて年賀の儀あり。

明日《あした》着るモーニング提げて352まですう暗きカーペット踏む

部屋は三階、やや北寄りだ。

テレビでは第九の歓喜を唄ひ居り髯《ひげ》剃り直すべく立ち上がる

昨年もここでカウントダウンパーティーがあつた。

同じカウントダウンの宴《えん》も昨年《こぞ》と違ふどうして立食なのだ今年は

二つのエレベーターで一階会場へ。

少し早く来すぎてソファーで待つときの早咲きの菜の花のとまどひ

楽師と歌手がジャズを演奏するステージ。

三、二、一、ゼロと叫ぶは国籍も年齢も違ふ全員である

宴終り、帰室。

ルームカードかざせば開く扉《ドア》の奥二〇一六年の新闇《にひやみ》がある

少量の酒に酔つて。

逃げていく旧年の背は暗かつた今年も苦しみながら生くるべし

夜の窓から夜の街が見える。

窓の向かう御幸《みゆき》通りの貫くを駅舎しづかに受けとめてゐる

テレビはもう新年になつてゐる。

百一歳とぞいふ老いた駅舎から此の若やいだ部屋は生まれた

明朝のことが気になつて来た。
ふはふはとした感情の衣《ころも》着て鉛筆のやうに明日《あす》へと尖《とが》る

朝七時半起床。
ハイヤーの来るまでにまだ余裕ありパンとバナナで軽い朝食

ネクタイは明るいのにした。
タイピンのパールも吾と共に老い着けるのに妻の手助けが要《い》る

坂下門から皇居へ。参与、御用掛たちの中へ。

燕尾服かモーニングかと話し合ひ四五人と共に年賀に向かふ

このごろ脚の力が不安だ。

正装の両陛下を頭下げ送迎す左足すこしよろめきながら

年賀の儀のあと別室で食事をいただく。

賜はりし鯛も微笑みて見上げ居り花びら餅に隣り合ひつつ

批評を批評する七首

杢太郎《もくたらう》随筆集を火のついた枯葉のやうに手にとつて読む

耳に手をあてて一座の聲音《せいおん》をあつめつつ聴く「鳥居」の噂

悪口は誹謗はそして炎上はしかし無視よりいい蒼穹《あをぞら》だ

稲妻のあと雷《いかづち》の来《こ》ぬやうなそんな批評もないではないが

新安保法案なんて洟《はなみづ》をすすり涙の一歩手前さ

むかし十字砲火と言つた。年老いてはめつたに出会ふ夜もないけど
暁《あかつき》に摩《す》りおろしたる芳香がせめて男を守つてと祈《の》む

男が涙を流すとき

壯年のなみだはみだりがはしきを酢の壜の縦ひとすぢのきず

塚本邦雄『感幻樂』

この歌なんかも、解読のむづかしいはうの例だらう。「みだりがはしい」といふ形容詞は、源氏をはじめ古典例をひいて、どのやうにもうけとれるが、塚本の歌だから、壯年の男児に好意的な言ひぶりとは、とても思へぬ。さういへば「壯年」といふのは、男にむけた言葉。今回の設題は、男の涙だからいいとして、熟年女子の涙は、「みだりがはしい」とはいはないだらう。しかし、なぜだらうか。下の句の「酢の壜」は、酢の味を想像させるし、その壜の「きず」は、上から下へしたたる涙を、容易に連想させる。その涙は、あたたかい、同情をふくんだ、熱い涙とは全く別のものだらう。

私的なことをいへば、わたしは、ほとんど泣かない。目頭を熱くすることさへない。感動はしても、涙腺には来ない方の人間だ。男に涙は似合はない、とは思はないし、テレビで泣いてゐる男をみると悪くないと思ひつつ、老年に到つてしまつたのだ。

人間は中洲に居る

春のあとに夏の来るこそあはれなれアガパンサスの茎拉《ひし》ぎつつ

回り道してから行くと伝へてよ夏草踏みて流れに沿ひて

もう夏の中には棲んでない蛇を足踏みかへて見つけむとする

近づいて来る秋なんて平穏がよび出す恐怖政治みたいだ

わたくしを虐《しひた》げてゐた詩《ポエジー》が一気に逃げて秋になるのさ

濁流の中洲のやうな人生に水増しながら夏が来るんだ

いやあむしろ忘れるために今がある季節の外に合歓《ねむ》は咲いてて

私にとつて夏といふ季節

夏といふと思想転向の季節だと思ふ。ぼくにはじりじりと暑くなるころ頭の中でなにかが変るみたいなのだ。

それはいつでも自己憐憫の気分と一しよにやつて来て、自分を救ふために違ふ方向へ走り出すらしいのだ。

合歓《ねむ》の花つてのがぼくにとつては夏の花なのだ。夕方になると葉は葉とぴつたり合はさつて眠るが、代りに淡い紅い花がほのぼのとひらく。花と葉が役目を変へるのが夕ぐれで、そこがぼくのお気に入りのわけだつたのだ。昼の思想は夕方にはくらい空気の中で勢ひを失ふ。すると花の雄蕊《をしべ》が立ちあがつて夜の思想をうたひ始める。

そして暁の光こそ、再転向する思想と思想の劇を背中から照らすつてわけさ。

今年三月に旧制高校時代の旧友Kがひつそりと死んだ。これでぼくの思想転向劇の証人が皆ゐなくなつた。名古屋近郊の丘のはざまに咲いてゐた一本の合歓の木をぼくは早起きして見に行つたのを思ひ出した。同宿の友Kは、その頃左傾していつたのだが、花には興味がなかつた。

谷空にかざして合歓のひるのゆめ（素逝）って句があるが、思想なんて夢みたいなもの。それも夜ではなく昼の夢なのだよね。

晩年の美観

「塚本邦雄展」を観るために北上市へ行つた。久しぶりに東北新幹線にのつた。

みちのくの北上川を越えて行く生きものの痛む背をこゆるがに

晩年の美観の一つでもあるが夕陽《ゆふひ》はいつも崖《がけ》の上にある

分与《わける》ために蓄積《あつめ》があつたといふ人とさうではないといふ人と共に

北上川は一本だけとは限らない夕ぐれの水はあちこちにある

小池純代氏の風韻講座「半冬氾夏の会」に招ばれて、ある日の午後を、自分の歌集について話した。

万巻の書を前にして語れども書《ふみ》ら聴きつつ莞爾《にこり》ともせず

久しぶりに小田急線にのつて、はしやいだ。

スプラトリイ岩礁に咲く　泊夫藍《サフラン》を空想しゐるうち着く豪徳寺

この先の千歳船橋てふ橋のほとりに歌の師と山羊が居た

暴力にさらされるときはなかつたが詩型つて凶器に似るともいへた

短詩型からするすると降りて来た青い蔓、青年はそれを愛した

イシス編集学校の机上にぼくの歌集が『斉唱』から『暮れてゆくバッハ』まで三十四冊が並べられてゐた。

俄か雨。といへども軽い迅いやつ。ゆつくりと去つていつた自転車

むらさきの六弁の花がひらくのは二度と噴火することなき原つぱ

眼が開《あ》いてこころもひらくころほひの露しとどなる大地のやうだ

ねむの葉のねむる夕べは歌といふ鈍器《どんき》を横にわれも眠らむ

わたしの歌集（名）の中では『臓器（オルガン）』に人気があつまつた。意想外。しかし光栄。

松岡の正剛大人《うし》はわが旧著『短詩型文学論』の頭《づ》を撫づるがに

帽子とりてふりかへるとき見送れる人らの中に大人《うし》の髯みゆ

『森鷗外の「沙羅の木」を読む日』（幻戯書房）が出来てきた。間村俊一さんの金の装幀の本だ。

夜の闇のなかでのみ光る栄誉ではあるが　弟みたいな本だ

月の輪熊笹のあひだに人を食ふころほひにこそこの書は成れり

百年の歳月をしも月の輪のほのかにかかる空とみせしむ

わが裡に在りし他者より　たぶん此の人はあたたかき眼《まなこ》もつらめ

この本のゆゑに離れゆく友どちのあらむ　アガパンサスを折りつつ

この本を読みてねむの花笑むやうによろこぶ人も在りと思はむ

ありあはせの新年

樹皮図鑑にあつたみたいな顔をして明年は来るらしい（葉は何処《どこ》？）

一枚の青衣のやうな空が見ゆそれを着て立つ麒麟は居まい

ああ返辞は書いたよ幾つもいくつもね同じ文面を違ふこころで

会議には白も黒も居て来年を言ひ合ふんだが（紅は遅刻だ）

暗い車が出てゆきしまる遮断機のひびきの中で来よや新年

余韻のなかで—反連作

トリスタン和音《わおん》がくり返し出て来てる妻がわたしより先に気づいた

歌舞伎座を西へと折れて河原温個展へ行つた　永劫《えいごふ》の過去だ

ＣＧと手書きのちがひなんていふエロースを惑はせるはいづれぞ

その語る意外な事実に打たれながら（オレは違ふぜ）首席補佐官！

逝きしＫまたＩともに日本の医のありかたに負の記号つけた

ガジュマルが日を浴びてゐる写生《スケッチ》してみたいほどみどり濃きみどり葉の

〈すみません、おくれまして〉と声きこゆなあにまだ間に合ふさ死まで

洋蘭は上から枯れて、たまはりし人のこころをかへりみよてふ

選者会の余韻の中で生きてゐる。あと数時間でそれも消えよう

深い曇りに触れて色づきし銀杏《いちやう》の葉　今朝ときならぬ雪を迎へつ

私が考へる良い歌とは

自分なりの納得でかまはないが、短歌の韻律（五・七・五・七・七および破調、句またがり）を、一首のうちに包括してゐることが、「良い歌」の第一条件だらう。

次に七首とか十首とか三十首とかいふぐあひに、多数首の発表（制作）のとき、〈連作〉（正岡子規の革新によつて導入されたもの）をどうこなすかといふことがある。一首独立の歌でも、発表時には、疑似連作の一首とみなされてしまふ。それもまたおもしろいといへる。しかし、あへて連作性に反逆してみるのもおもしろい。

即興性、つまりその場のおもひつきも大事だ。題詠はその最たるものだ。他から与へられた契機を、自分のものにして活かすことなのだから、である。

あら野の百合

金子兜太の存在感を恋ふれども暫く会はず大樹の幹に

共著者として若き日に共に見し村上一郎のベレー帽　紅《あか》

うねうねと道は登れど頂《いただき》のあらぬ詩歌の（違ふかなあ）君よ

むせかへる臭気を香気とまちがへて〈昔はよかつた〉なんて言ふまい

会合にはこのごろ出ない。酒のまぬ身体を一つ持ちたる故に

歌会始の御題は野だつた　つつしんで歌ふが実は野性派なんだ

やはらかく明るく生きて伝へたい曠野《あらの》の百合のあの育ち方

野の百合は「労せず紡《つむ》がざるなり」と細くするどく言ひ放つ声

金子兜太は野太く秩父の子を生きてあるいはソロモンの栄華を超えむ

雲あつく眉のあひだに垂るる間《ま》をもろともにあさの黙禱をせむ

旧友の死そして私の授賞式前後の歌

旧友のＪ《ジエイ》逝きたれば今夜《こよひ》あるお通夜はふかい霧の奥処《おくか》ぞ

若き日に君に習ひし胃透視の手技を憶《おも》へば　山茶花《さざんくわ》、さざんくわ

山茶花や昨日と言はず今日遠し（森澄雄）

南武線一駅を来て妻とゆく通夜の場はすぐ前のしづけさ

あの頃にJ《ジエイ》の訳したロシア語の民謡よこよひ返り花せよ

住職のながき読経の折々にJ《ジエイ》の名も出て華《はな》にかくるる

J《ジエイ》クリニック受診せしとき知りたればその妻と娘にふかく礼《ゐや》せり

君の妻また娘らのかたはらにはじめて見る子息！さうか　柊《ひらぎ》

すぐれたるこの樹はJ《ジエイ》のひそかなる誇《ほこ》りでもありしを知れり　あかき侘助《わびすけ》

竜《りゅう》の玉《たま》まろべるごとし　合掌して僧を送れるのち　さざめきは

棺なる君に向かひて声をかく　沢水を共に呑んだよなあ若き日

宴席のむかひにあるは君の子息Ｊ《ジエイ》に似て　きらり　藪柑子《やぶかうじ》の実《み》

クリニックを閉ぢたるのちにＪ《ジエイ》の身に病ひ出でしときけばかなしく

クリニックを閉ぢし理由は訊《き》かざりき　ハグしてわかれたり二年前

Ｊ《ジエイ》のくれしモンステラ枯れし数日後訃報はいたる　柿落葉かな

（モンステラは観葉植物）

わが受賞を知りて悦び自慢してのち逝きたりときけば　せめての……

十一月四日　文化功労者授賞式があつた。前日に妻と共にホテルオークラに泊つた。

六本木までは小さな旅だつた　選ばれた鳥《とり》たちに会ふべく

あまり待ちすぎると喪《うしな》はれるんだが前夜からながかりし　ぐらぐら

一輪の傘が咲くとき　不思議だなあ　雨の方から降つてくるんだ

天に在るわが父はよろこぶだらう　われを鍛へし猛禽《まうきん》かれは

事情ありて妻は夜、ホテルと家を往反した。

みみづくの啼きかはす夜を妻まちて大くらやみの影のふかさや

髪結ひし妻を見しときの驚きのなかに啼きごゑ、今日といふ鳥の

晴れた日にうすぐらい部屋内に待つ　才能といふ傷もつ人ら

それぞれが妻をともなひ（女二人はつよく独りで）　しら鷺つてとこ！

どの人にも青春があつたにちがひないお似合ひのシャベルを摑んで掘つて

お招ばれの茶会で眞子さまに御礼述ぶ　そのほほゑみはお声にふさふ

わたくしがなんの果実をみのらせしや前のめりに動く烏《からす》みたいだ

大きくて式待ちしホテル。御所の庭みゆる宴席。夕椋《ゆふむく》がすぎた

われら羊をみちびいて指す官僚の山羊たちにながい一日《ひとひ》がすぎた

J《ジエイ》よそして十五人とそのつれ合ひよ　澄んだ河口まで来てしまつたね

妻とともに壇上にカメラをうくるとき新しい雪をふむ音がした

越の国　富山への旅とその後

トンネルを抜けた瞬間に雪を撮《と》るさういふ旅の果てが富山だ

話すことは大体決めて　美しい細い体軀の列車に乗り込む

風土つて詩人にとつて何だつたのだらう二三の例を並べる

与へられたテーマは「風土と詩心」だつた。

まだみんな謎だらけつていふ森が詩の大陸のあちこちにある

昨日まで全消化器が燃えてゐた身体《からだ》を提げて高志《こし》を目指しぬ

葦原がひろがつてゐる「自分つて誰なんだろ」と風がささやく

滝沢亘を語る折節《をりふし》かれの肺にかがやいてゐた月を思ひぬ

相良宏の手が垂れてゐた夏の床《ゆか》へルダーリンの微風が吹いて

石田比呂志の筑後《ちくご》といへど断言がによきによき生えてたばかりではない

それにしても今のわれらは断言を避ける　青空をほめるときさへ

向かうの壇の中西進を見ながらだよ　くらがりで出番をまつてた　窮鼠《きゆうそ》

三百人の階段教室の男女からおそるべき風が吹いて始まる

話し始めたら（いつもさう）とまらない。谷川雁つて鳥もとばせた

ロラン・バルトを引用しつつつしめくくるつもりだつたが　水はこぼれた

大伴家持《おほとものやかもち》つてエディターの祖先だとその才をほめて　袋を締めた

胃腸系を病みたるのちに此処へ来た路面電車の色がユニーク

帰る日に富山駅に紙袋（資料入り）を置き忘れた。

遺失物係りの人と話すとき　忘れ来しものは物《もの》だけぢやない

中西進さんはわたしとほぼ同年齢だ。

老いを支へる力は好奇心に在る。　さう語る中西大人《うし》を見守る

家持の部下と名告《なの》れる青年に雪のこる街をみちびかれ行きぬ

数種類のサプリをのみて出でむとす昼すぎのわが老体のため

グーグルで検索されし越《こし》の国がプロジェクターに大きく映る

家持はこの山を越えて歩いたと嬉しげに説く声ぞ羨《とも》しく

富山エクセルホテル東急に泊つた。

東から差す太陽に起きいでて汗ばみしシャツを替ふ　高志《こし》の国

家持の歩いた道をいまわれら歩むといへど道は無言だ

振仰而《ふりさけて》　若月見者《みかつきみれば》　一目見之《ひとめみし》　人之眉引《ひとのまよびき》　所念可聞《おもほゆるかも》　（大伴家持）

マイナンバー知らせよといふ文学館、すこしはらわたの痛むわたしに

月立而《つきたちて》　直三日月之《ただみかづきの》　眉根掻《まよねかき》　日長恋之《けながくこひし》　君尒相有鴨《きみにあへるかも》　（坂上郎女）

もうすでに昔の薔薇になりつつぞある越《こし》の国ここは武蔵野

きさらぎの二日《ふつか》の月をふりさけて恋しき眉をおもふ何故《なにゆゑ》　（斎藤茂吉）

小さな実験としてトカラ列島の臥蛇島に渡った谷川雁。

漢方が効く実例を聞きながら締め切りは明日日和《ひわ》聡子《さとこ》論

「我は寧《むし》ろ汝《なんぢ》が冷《ひや》やかならんか、熱《あつ》からんかを願ふ」（ヨハネ黙示録第三章）

ねる前に読むバイブルは文語訳　彼岸から照らさるる此岸《このきし》

「どちらへ向かって泳げばいいのか／引き潮にさからって」（日和聡子）

ステッパー踏みながら視るトランプの黄金の髪つひになびかず

鉄塔は天へ向かって細りゆくやがて不可視の舟となるまで（服部真里子）

アノニムの会を創つたあの頃としづかに沈む舟にゐる今と

「あさはこわれやすいがらすだから／東京へゆくな　ふるさとを創れ」（谷川雁）

割れやすい朝にむかつてスプレーを鼻に差しつつ一首創設！

税申告まで一箇月の日々に

死にたいといふ声がまた遠くからきこえる午後を茶葉で洗ふ歯

氷つた朝の気分がとけてゆく速さ窓をかすめて大鴉過ぐ

ブリコラージュ再燃をこそ願はるれ筆記には鋭《と》き鉛筆をこそ

長いながい入江に沿つた小路かな名細《なぐは》しき人に逢ふこともあらむ

読んだつもりで読んでなかつた本たちは記憶のなかの友に似てゐる

さう言はれたやうな宵闇〈書くものの央《なか》に月光をしたたらせよ〉と

急にふり向いてはならぬゆつくりと身体の軸に銅線いれよ

鼻水のしたたり落ちて床の上に光るつかのま　がたつと今日が

怖しい夢には消えてもらはねばならないがさて、走れるだろか

立ち読みをしてゐる君のうしろから近づく闇がわたくしである

眠る前に村上春樹を少し読む夢にあらはれる鳥を撃つため

アメリカで聴くジョン・レノン海のごとし民族はさびしい船である（小島ゆかり）

アメリカで短歌を説いたときのこと「さびしい船」が近づいて来た

夕焼けの中の富士山、まだ夜があるのだ僕には苦い時間が

計算器音なく示す金額を引き写すための罫線を引く

日記読みあへば互《かた》みによみがへる昨年といふ日々の寂しさ

なつかしき人の死ぬたび交通費計算される通夜に葬儀に

子規論を書いて送りぬ「四谷までいくらだつたか」問はれたるのち

冷凍と冷蔵の差のくらがりに苺《いちご》がありてわが誕生日

須川展也のバッハを聴いてその翌々日に申告にゆく筈なのだ

南から吹くのできらりひるがへる葉が呼ぶなかを申告にゆく

排水管点検中の歌

排水管洗浄のため朱《あか》き管よこたはる部屋に書き継ぐ詩論

子規展へくだれる道に見いでたる土筆の原よ小さけれども

子規の歌暗《そらん》じながら子規の絵を注視する眼は矢を含みたり

木のかげの花を選《え》るごと老人性糖尿病の主治医をえらぶ

ヘモグロビンA1《ワン》cの数値からするするすると言葉いでくる

子規の絵の糸瓜の太き下半身そを視る血糖値やや高きわれ

排水管しらべ終れるころほひに多田智満子論難路にかかる

男の寄り道

道草が、目的地へ至るための常道であつたのは、男も女も、若いころのことである。今、九十歳を迎へる一歩手前になつて、道草を食つてゐる余裕はない。この思ひは八十代になつたころから強くなつて来た。これは死ぬまで続くだらう。

木下杢太郎の若き日の歌に、

十月は枯草の香をかぎつつもちろるを越えて伊太利亜に入る

がある。『木下杢太郎全集』第二巻の拾遺詩集の中の「黒国歌」にある。明治41年（一九〇八）の「明星」に載つた。もとは、森鷗外の観潮楼歌会に出詠し、高点を得た歌だ。ゲーテの『イタリア紀行』を原書で読んで心酔したときの思ひを歌つたもので、医師の道を歩まされてゐた杢太郎にとつて、すべて道草である。しかし、道草を食ふことによつて太田正雄は木下杢太郎になり、歴史に名を残した。

わたしにその暇はない。毎日毎日生きるための崖道をのぼつたり下つたりしてゐる。

うすき闇の底の沼

うつくしい反語であつても構はない亡きわが友を鷗と呼ばめ

旧友I

虚栄の市《ヴァーニテイ・フエア》の午後《ひるすぎ》　遠白き戦後の丘はいづくに消えし

凹凸のはげしき陸《くが》をわたり来て今水の辺《べ》にしばし憩はむ

旧約聖書創世記第二七章

うすき闇はすなはち鳥の声の沼　エサウが鹿を狩りに出たあと

遠いところで裂けてゆく布、友情はふかく鋭き音でもあつた

澄んでゐる一椀の底にある貝《かひ》を挟まうとして怪《け》しき箸づかひ

左手の手背の紫斑《しはん》うすれゆく今日も人中《ひとなか》にありてもの言ふ

マーラーの妻の才気は度を超えてゐたと言ひつつ暫し黙《もだ》せり

「冬の旅《ヴィンター・ライゼ》」行きつつ春の夢をみる　癖はやばいと知つてはゐるが

両陛下にお目にかかりし折しもあれ軽雷《けいらい》は過ぐ脚光《あし》らせて

ご進講のとき

ご婚約ととのひしとぞ　歌稿持ちて入りたまひし時の声よみがへる

ご決意は夕ぐれ沼を打ちたたく鳥が音《ね》として響きわたれる

夏至までの日々と大岡信さん

降圧剤一錠を噛む夕まぐれ　五階まで来た蟻を祝へり

水たまりにレインコートをさッと敷いて大事な人を渡したよね　昔

苹果《りんご》持つ聖母子像を見てゐたら急に明《あか》るむ掌《て》の枇杷の實《み》が

枇杷もらつて頂いたさくらんぼでお返しだ　雨ふりしぶく窓を見ながら

ガラス戸にしぶきを打ちて雨の降る　今日夏至の日の怪《あや》しうないか

「一本の杉の怒りを見て立てば緑《みどり》採まれて生きたきものを」
（『朝狩』一九六四［昭三九］年三十六歳のわが歌。）

わが生はそれにかも似むをのきて雨にあらがふ銀杏の並木

（八十九歳の今の思ひだ）

一つこと為《す》る時他事《よそごと》は考へぬ。霧のなかを去る船のことなども

毎朝の朝刊とりにゆきつつ

階段をかぞへて降りる五十段　左手は銀の手摺《てすり》つかんで

クーラーをかけて眠つた余効かなあ　胸壁に小さき湖《みづうみ》生るる

美しい言葉に飽いた青年が汀《なぎさ》に貝を殺《あや》めると聞く

いや何が善行《ぜんかう》なのか判らない。雲疾駆する夕空みれば

ポリデントに浸《つ》けた入歯を嵌《は》めながら〈生きねばならぬ〉朝の始まり

ソシュールによれば全《まつた》き同義語はない。朝《あした》とは朝《あさ》と異なる

養命酒一盃のみて寝ねむとす血圧に遠い太鼓打たせて

ドアノブに掛けてある襯衣《シャツ》くれなゐを選びてまとふわが午後のため

宿痾《しゅくあ》アトピイ性鼻炎に寄せて

大岡さあん！あなたの晩年の詩の善《よ》さを鼻たらしつつ言はむとぞする

嚔《くしゃみ》こらへ眼《め》をこらす二十九歳のあなたの岡井批判の文字に

大岡さあん！「詩とはなにか」と問ひながらわれ鼻垂れてまだ書いてます

「じわじわと／色を揉《も》み出す／もみぢ葉の／誘惑なぞに／染みてたまるか」（大岡　信）

いやさうは言つても紅葉はじまれる森に惹かれて二人来にける

森鷗外・斎藤茂吉を辿りきぬ　今杢太郎坂の下《くだ》りがきつい

坂の上にしたたり落ちる鼻水や。かれらの知らぬ老《おい》を生きつつ

父　三十首

何かが終つたのだと思ふ（何て何？）ひよつとしてそれ、父の役割？

お父さん、と言つて中年の長子《ちやうし》が来た。「東京を見、父を見に来た。」

夜は肉体労働をして昼眠る君の思ひをただきくだけだ

軍工場に夜《よる》はたらきし若き日を思ひ出したが、語ることなく

肉食《く》はせて高速バスにて帰つていくかれを送つた（父親ぢやないなあ）

父の日のプレゼントにモンブランくれたればそのペンで書く「秋に会はうぜ」

高いところから命令が雪のやうに降つてくる夜　父は不在だ

服従をいやがつてはならぬ不意に来て「話さうよ　隆《たかし》」つて言つた父

絵を踏まなかつた父。それに比べると私は……。

キリスト者として戦中を耐へし父。苦しき転向を重ねたるわれ。

「マスコミにたてつくことは止めよ、隆。」いたき体験が言はせた至言

十代にていぢめに会ひぬ「隆、それは耐へる外《ほか》ないぜ」と言つてくれたが

父の母校は、わたしの母校でもあつたが…

学校側の知人にひそかに手をまはしをりたりとはるかのちに知りたり

毎夜、出エジプト記を読みつつ

紀元前十四世紀のむかしより父と子はつねに妬《ねた》み合ひしか

ボイマンス美術館蔵ブリューゲル「バベルの塔」展

あかねさすバベルの塔にはたらける白衣の人にも父と子が居る！

さみどりの木々にまぎれて佇むは子を得しころのわれかも知れぬ

われはねたむ神なりとヤーウェ言ひ給ふ　父性つて妬みごころが深い

茂吉歌集に父が書き入れし言《こと》の葉《は》をさむき雨降る夕ぐれに読む

書き入れは鉛筆の文字ところどころ雪をはねゆく栗鼠《りす》の跡《あと》みゆ

わがこころのなかの深きに父なる神否《いな》わが父の髯《ひげ》濃くて、棲《す》む

しかし環釦耳輪頸玉《わどめみみわくびたま》もろもろの捧げものなど父と子はせず

一歩づつかたつむりの這ふのろさだと叱りし父をいまぞうべなふ

おのが父性を嚙みしめたことあまたたび（母国つていふが父国は無《ね》えんだ）

夕ぐれのハシブト鴉は母の声父は呟き母はつきさす

死ぬときが来たら大きな忘却がみなぎるだらう　父と子の海に

木下杢太郎評伝を書きつぎながら

杢太郎に家族を歌ふ詩のなきをかれの悲しみとして読まむかな

傷がないのに痛いつてことがある。父は居ないのに日向《ひなた》だけある

枕辺の薬罐《やくわん》から水のんでまた眠れる父を闇に見てゐた

鬱にこもる子からは甘い点数が来《き》ぬ　父親つて点数制だ

ひまはりに光がそして闇が来る。さう思つてた父だつた日に

柞葉《ははそは》の母を呼ぶときたづさへて乳《ちち》の実《み》の父が来るのはなぜだ

大震災以後に作った歌二十首

うつむいて部屋へ退いて来ただけだ魚《うを》・漁人《いさりびと》、波が消えない

原発はむしろ被害者、ではないか小さな声で弁護してみた

国家つて怖いと思ふ　かくれがの敵をステルスで撃つて沈める

噂つて立つたら現《うつつ》よりつよく泉の水をまつくらにする

つきつめて思へば（いいや）つきつめるまでもなく銀の迷路だ此処は

みぞれ混じり。悪路《あくろ》。いやいや、男から見ればさうだが　女は違ふ

また夜になりたりといふ嘆かひの一日《ひとひ》の底にふかく置かるる

永遠といふ彼方より鳥は来て暗きつばさの裏を見せしむ

かなたには水を浄むる作業とや浄まりゆかぬわれを見捨てて

あけぼのの壁の時計の長針はすこし震へて短針に寄る

ねえ、どこかにリュックがあつた筈だらう糧《かて》と希望とランプを入れる

わが夢の中の階段は古びたり地下の水槽へ降りてゆくには

空はいま一枚の布　東から西へ憂愁の青をひろげて

滝水のやうな白さをくぐり抜け向かうへ出る、それがぼくの起床だ

「平らなるところへ置けといふ声すなにを置くかは言ふまでもない」

この歌を或る場所へ（さうだな、同志たちともいへる）昏がりへ置いたら

「屍体だらう、それは。いやあの原発さ。どうとでもとれと試してるんだ」

しんとして昏がりを出て帰るときあした行く東北がもうそこに居た

東《ひんがし》の空にうまれたあけぼのが苦がにがしげに「夜」と言つてた

その夜があしたは朝を生むのかもわからない雨の道を歩いた

あとがき

この歌集は、二〇一五年初夏のころから、二〇一七年初秋のころまでに作つた歌、約五百首をもつて編集しました。

前歌集『暮れてゆくバッハ』（二〇一五年七月、書肆侃侃房《しょしかんかんぼう》刊）に続く歌集であります。第一歌集『斉唱』から算へて、三十四番目の歌集となります。

わたしは一九二八年（昭和三年）生まれでありますから、来年二〇一八年一月五日に、満九十歳になります。今度の歌集は、いはゆる卆寿を自らひそかに記念して、編みました。

目次を見ていただくとわかりますが、この本はⅠ部とⅡ部に分れてゐます。Ⅰ部は、歌誌「未来」に毎月七首づつ発表したものを、年代順に並べました。

Ⅱ部は、歌壇各誌や同人誌の要請に応じて作つた作品を、ほぼ年代順に並べました。中には短いエッセイと組《くみ》になつてゐる注文もあり、それはそのまま載せました。各誌の編集部にあつくお礼申し上げます。

わたしには、「未来」内外の友人、知人が居られて、わたしの歌を読み、感想や批評を寄せて下さいます。何十年にわたる読者も居られますと同時に、ごく最近、わたしの選歌欄に加はられた若い歌人も居られます。さうした読者に、この本を読んでいただけるといふことは、こよない悦びであり、生きて行くための励ましでもあります。この歌集出版を期に、さうした読者が一人でも増えますれば、この本は、単なる卆寿記念歌集の意味をこえることになりませう。

この本を作つていただく角川文化振興財団の皆さんに、あつくお礼申し上げます。どのやうな割りつけ、そして装幀の本になるかたのしみにしてをります。

岡井　隆

二〇一七年九月

［初出一覧］

ザ・タリス・スコラーズの声の中で	「未来」二〇一五年七月号
詩みたいなもの	「未来」二〇一五年八月号
雲雀に問ひて	「未来」二〇一五年九月号
アトピイ性鼻炎の中で	「未来」二〇一五年十月号
ぼくの心の池	「未来」二〇一五年十一月号
旧友の訃に	「未来」二〇一五年十二月号
東桜歌会二百回を祝ひて	「未来」二〇一六年一月号
亡友の記憶に寄せて	「未来」二〇一六年二月号
大阪大学ワークショップ即事他	「未来」二〇一六年三月号
白梅の散るころ	「未来」二〇一六年四月号
痛みと鳥と	「未来」二〇一六年五月号
夢の岸べに	「未来」二〇一六年六月号
旧友Kの死の前後に	「未来」二〇一六年七月号

詩はつねに　「未来」二〇一六年八月号
天の鳥船　「未来」二〇一六年九月号
啼いてる声　「未来」二〇一六年十月号
肩について　「未来」二〇一六年十一月号
授賞式以後の私　「未来」二〇一六年十二月号
七十五年後の現実　「未来」二〇一七年一月号
北川透現代詩論集成2を祝ふ　「未来」二〇一七年二月号
回想の中の人　「未来」二〇一七年三月号
村上春樹の新刊を読みつつ　「未来」二〇一七年四月号
大岡信さんを悼む　「未来」二〇一七年五月号
音楽夜話（五月九日）の前後　「未来」二〇一七年六月号
稿遅々として　「未来」二〇一七年七月号
蜜蜂　「未来」二〇一七年八月号
語らひ　「未来」二〇一七年九月号
皇后ご誕辰を祝ふ夕べの集ひにて　「現代短歌」二〇一五年十二月号

戦後七十年の秋に思ふ　「短歌往来」二〇一五年十二月号

両陛下へのご進講即事　付　初笑ひ　「短歌」二〇一六年一月号

時代のどまん中で　「現代短歌新聞」二〇一六年二月五日号

宗教者に向かつて富士山歌話をした　「短歌研究」二〇一六年一月号

東京駅ホテルに泊り皇居の年賀の儀に列するまで、即事　「歌壇」二〇一六年三月号

批評を批評する七首　付　男が涙を流すとき　「短歌研究」二〇一六年五月号

人間は中洲に居る　付　私にとつて夏といふ季節　「うた新聞」二〇一六年七月十日号

晩年の美観　「短歌往来」二〇一六年八月号

ありあはせの新年　「現代短歌新聞」二〇一七年一月五日号

余韻のなかで—反連作　付　私が考へる良い歌とは　「短歌」二〇一七年一月号

あら野の百合　「俳句四季」二〇一七年一月号

旧友の死そして私の授賞式前後の歌　「短歌研究」二〇一七年一月号

越の国　富山への旅とその後　「短歌」二〇一七年三月号

税申告まで一箇月の日々に　「歌壇」二〇一七年四月号

排水管点検中の歌　付　男の寄り道　「短歌研究」二〇一七年五月号

うすき闇の底の沼　「現代短歌新聞」二〇一七年六月五日号

夏至までの日々と大岡信さん　「短歌往来」二〇一七年八月号

父　三十首　「黒日傘」二〇一七年十一月刊

大震災以後に作った歌二十首　（初出不詳）

著者略歴

岡井隆（おかい・たかし）

1928 年　名古屋市生まれ。
1945 年　17 歳で短歌を始める。翌年「アララギ」入会。
1951 年　現在編集・発行人をつとめる「未来」創刊に加わる。
1983 年　歌集『禁忌と好色』により迢空賞を受賞。
2010 年　詩集『注解する者』により高見順賞を受賞。
　　　　『詩の点滅』など歌集、評論集多数。
1993 年より宮中歌会始選者を 21 年間つとめる。
2007 年から宮内庁御用掛。日本藝術院会員。
2016 年文化功労者に選出。

歌集　鉄の蜜蜂　てつのみつばち

2018（平成30）年1月25日　初版発行

著　者　岡井　隆
発行者　宍戸健司
発　行　一般財団法人　角川文化振興財団
〒102-0071　東京都千代田区富士見1-12-15
電話03-5215-7821
http://www.kadokawa-zaidan.or.jp/
発　売　株式会社　KADOKAWA
〒102-8177　東京都千代田区富士見2-13-3
電話0570-002-301（カスタマーサポート・ナビダイヤル）
受付時間　11:00 〜 17:00（土日　祝日　年末年始を除く）
http://www.kadokawa.co.jp/
印刷製本　中央精版印刷　株式会社

落丁・乱丁本はご面倒でも下記KADOKAWA読書係にお送り下さい。
送料は小社負担でお取り替えいたします。古書店で購入したものについてはお取り替えできません。
電話049-259-1100（9時〜17時／土日、祝日、年末年始を除く）
〒354-0041 埼玉県入間郡三芳町藤久保550-1
 ISBN978-4-04-884154-2 C0092